AF341783

DISCOURS,

SUR LA LIBERTÉ FRANÇOISE,

Prononcé le Mercredi 5 Août 1789, dans l'Eglise Paroissiale de S.-Jacques & des SS. Innocens, durant une Solemnité consacrée à la mémoire des Citoyens qui sont morts à la prise de la Bastille, pour la défense de la Patrie.

Vos enim ad Libertatem vocati estis, Fratres.
Vous êtes appellés à la Liberté, Frères.
S.-Paul, aux Galates. c. V. v. 13.

ILs sont immortels dans nos cœurs & dans les souvenirs du genre humain, les Citoyens généreux qui ont sacrifié leurs jours à la défense de cette Capitale, à la conservation de leurs frères, & à la liberté de la France. Mêlons aux chants funébres les Cantiques du Triomphe, pour célébrer leur mémoire. La désirable mort que celle qui donne la vie à tout un Empire! L'airain tonnant du haut des remparts du Despotisme sur les têtes innocentes, a réveillé la Liberté publique. Le Patriotisme a embrâsé de

A

ses ardeurs divines les âmes Citoyennes. La trahison des fauteurs de la Tyrannie a redoublé l'impétuosité du courage de nos vengeurs. Leurs mains mourantes ont saisi les palmes de la Victoire. Ils font tombés, ces Héros patriotes; mais ils ont laissé debout la France étonnée d'être libre. Un jour, une heure ont suffi pour détruire ce coloffe de Puiffance arbitraire qui pefoit, depuis dix fiécles, sur la plus intéreffante Nation de l'Univers. Juftice éternelle ! vous aviez différé la vengeance : mais l'inftant fixé dans vos décrets immuables, l'inftant même où les oppreffeurs de l'Etat devoient combler la mefure des forfaits, a été celui de la Liberté Françoife. L'enfer ne pouvoit concevoir de projet plus affreux que celui de nos Tyrans ; le Ciel ne pouvoit ordonner de plus belle victoire que celle de nos Libérateurs. Les impies qui dévoroient la Patrie comme une proie facile, difparoiffent à l'heure marquée par eux pour le carnage. Les Citoyens prêts à être dévorés lèvent leurs têtes parmi les ombres de la mort, frappent d'un feul coup l'Ariftocratie, forte de mille années de régne, de deux-cents mille fatellites armés pour la deftruction ; & l'Ariftocratie n'eft plus ; & la Patrie refpire ; & des Pyrénées à l'Efcaut, des Alpes à l'Océan, la France eft libre; & vingt-quatre millions de François font

(5)

des frères, des Citoyens, des hommes fous un
Roi qui fera toujours bon, & fous des Loix
qui feront néceffairement juftes. Àh! notre vocation eft enfin remplie; gloire à Dieu; nous
fommes appellés à la Liberté, Frères; *Vos enim
ad Libertatem vocati eftis, Fratres.*

La Liberté de la France eft fondée fur la juftice;
cette grande vérité que nous allons développer
fuffit pour immortalifer nos Frères immolés pour
elle.

Tel eft le tribut d'hommage que les honora-
bles Citoyens réunis dans le centre de cette grande
cité, confacrent par une voix, à qui le Patriotifme prêtera peut-être les accents de l'Eloquence,
à l'éternelle mémoire des Héros fans ayeux, qui
ont cimenté de *leur fang la Liberté* de la Patrie.

91.

Notre vocation à la Liberté, mes Frères, est ordonnée dans la Nature, dans la Religion & dans les plans de la Providence. Cette Liberté est donc acquise conformément à tous les principes de la justice ; & ses fondateurs méritent tous nos hommages.

La Nature ! comme elle étoit outragée par le Despotisme ! Comme ce monstre oppresseur de l'Humanité transformoit les Peuples en troupeaux d'Esclaves ! Il tyrannisoit les esprits & les cœurs. Il défendoit la pensée & commandoit l'amour. Il se prévaloit de ses succès horribles : il croyoit entendre la voix publique, quand des êtres abrutis par la servitude, & mourans de faim, disoient : « Oui, vous êtes nos bons maîtres ; nous n'avons pas droit de nous plaindre : oui, vous nous rendez heureux ; nous vous aimons ». Ainsi les deux puissances de l'entendement & du sentiment qui composent l'essence même de l'homme, étoient sous le Sceptre des Tyrans ; l'Humanité se trouvoit enchaînée jusques dans ses élémens constitutifs, jusqu'au fond de ses entrailles. En est-il encore, en est-il un, de ces vils adulateurs des hommes puissants, qui osât continuer d'insulter à la Nature, & de mentir aux droits du Genre-Humain ? Ils applaudissoient, les misérables, à cette tranquillité triste

& morne qui se maintenoit d'un bout à l'autre d'un grand Empire, sous le régne de la terreur. Ils transformoient en vérités infaillibles, à l'oreille des Rois, les mensonges de la crainte. Oüi, la paix régnoit par-tout, mais c'étoit la paix de l'esclavage, qui est la mort de la Nature. Il faut le dire, & très-haut, & jusques dans les Temples, c'est la Philosophie qui a ressuscité la Nature ; c'est elle qui a recréé l'esprit Humain, & redonné un cœur à la Société. L'Humanité étoit morte par la servitude ; elle s'est ranimée par la pensée ; elle a cherché en elle-même ; elle y a trouvé la Liberté : elle a jetté le cri de la Vérité dans l'Univers. Les Tyrans ont tremblé : ils ont voulu resserrer les fers des Peuples ; ils auroient égorgé la moitié du Genre-Humain, pour continuer d'écraser l'autre. Mais la Nature est invincible : dès l'instant qu'elle recouvre la vie, elle a la toute-puissance.

Sans doute il faut des Rois à de grandes Nations, mais des Rois librement institués pour exécuter les Loix. Il faut des Loix à tous les Peuples, mais des Loix librement consenties par la volonté publique. La Liberté n'est pas l'Anarchie ; elle est l'ordre. L'homme est un être intelligent ; qu'il pense. Il est un être sensible ; qu'il veuille. Il est un être sociable ; qu'il associe ses pensées aux pensées de ses frères, ses volontés aux volontés de fes Concitoyens : du réfultat naîtront des Loix réelles , un Gouvernement véritable , un Souverain puiffant pour le bien , la Fraternité Civile , l'unité Nationale , la Liberté. Telle eft la nature de l'homme ; tels font fes droits.

Tous ceux qui concourrent à rendre un Peuple libre , font donc les bienfaiteurs de la Nature. Philofophes , vous avez penfé ; nous vous rendons grâce. Repréfentans de la Patrie , vous avez élevé nos courages ; nous vous béniffons. Citoyens de Paris , mes généreux Frères , vous avez levé l'étendart de la Liberté ; gloire à vous. Sage Chef , digne Héros , que nous vous avons librement élus pour préfider tous les deux à l'ordre & à la défenfe de la Commune , dans cette Capitale de l'Empire ; foyez heureux de notre amour. Et vous , intrépides Victimes , qui vous êtes dévouées pour le bonheur de la Patrie , ah recueillez , recueillez dans les Cieux , avec nos larmes de reconnoiffance , la joie de votre Victoire.

Oui , Chrétiens , ce n'eft plus feulement la juftice de la Nature ; c'eft celle de la Religion que nous devons reconnoître dans la Révolution qui nous rend libres : c'eft dans les principes de l'Evangile que nous pouvons regarder nos Libérateurs comme les Martyrs du bien Public.

Qu'ils ont fait de mal au monde , les faux

Interprétes des divins oracles , quand ils ont voulu, au nom du Ciel, faire ramper les Peuples sous les volontés arbitraires des chefs ! Ils ont consacré le despotisme, ils ont rendu Dieu complice des tyrans. C'est le plus grand des crimes. Que dit l'Evangile? « Les Rois des Nations infidéles dominent : frères, il n'en sera pas ainsi parmi vous ». Il vous faudra paroître devant les Rois & ceux qui président; ils vous commanderont l'injustice, & vous leur résisterez jusqu'à la mort ». Les faux Docteurs du Despotisme triomphent, parce qu'il est écrit : « Rendez à César ce qui est à César. » Mais ce qui n'est pas à César, faut-il aussi le lui rendre? Or la Liberté n'est point à César; elle est à la Nature humaine. Le droit d'oppression n'est point à César; & le droit de défense est à tous les hommes. Les tributs, ils ne sont au Prince que quand les Peuples y consentent. Les Rois n'ont droit dans la Société, qu'à ce que les Loix leur accordent, & rien n'est à eux que par la volonté publique, qui est la voix de Dieu. Jésus-Christ mourut pour le Genre-humain, en mourant pour sa Patrie. C'est comme ennemi de César qu'il fut immolé. C'étoit un faux prétexte dans les Déicides; mais c'étoit, dans le Fils de Dieu, une grande leçon & pour les Césars & pour les Peuples. Il s'étoit élevé contre les Aristocrates de

fa Nation: méditez cette importante Vérité , mes
Frères. Il ne ceffoit de dévouer à l'indignation
publique, les tyrans du Peuple, les exacteurs injuftes des fubfides, les defpotes de la penfée ,
tous les oppreffeurs. Les Ariftocrates indignés,
trompèrent la multitude qui rampoit devant leur
orgueil; ils infinuèrent dans l'âme vile de leurs
efclaves, la rage qui les animoit contre le libérateur des hommes; enfin , ô mes Frères, je
mourrois content, après avoir dit cette feule pa-
role : C'EST L'ARISTOCRATIE QUI A CRUCIFIÉ LE
FILS DE DIEU.

Et l'on n'aura pas le droit de réfifter à l'in-
juftice! Et l'on ne devra pas défendre fes Frères
contre la furie des tyrans! Et il faudra fe laiffer
ravir jufqu'au premier des biens, plus précieux
que l'exiftence même; puifque, fans lui, elle eft
un fupplice, la liberté de fa confcience, pour
adorer des oppreffeurs? Ah! l'on ne peut plus
entendre ces impoftures facriléges, qui préfcri-
vent au nom de Dieu ce que Dieu défend par
toutes fes Loix & par tout fon être. Il eft la
fource de toute juftice, & il n'autorife aucune
iniquité fur la terre. « Honorez le Roi, » fans
doute; mais eft-il une Nation qui l'honore da-
vantage que la Nation Françoife? « Obéiffez à
ceux qui commandent : » Oui; mais à ceux qui
commandent ce qu'ils doivent commander; &

leurs ordres font injuftes, réfiftez & réfiftez jufqu'à mourir pour la Liberté de la Patrie. Voilà
l'Evangile, mes Frères; toute autre Religion eft
une impiété.

Nous avons donc fuivi les vrais principes du
Chriftianifme, en offrant notre vie pour fauver
nos Frères; en refaififfant les droits de la Nature, fi long temps violés; en repouffant les tyrans prêts à s'affouvir de carnage; en détruifant
l'antre effroyable où le defpotifme dévoroit en-
dedans fes victimes, tandis que, du fommet, il
nous menaçoit fans ceffe de tous fes foudres.
Ceux qui font morts dans cette Action immor-
telle, font donc les vrais martyrs de la Patrie;
car il eft écrit, auffi dans l'Evangile, que per-
fonne n'a une plus grande charité que celui qui
donne fa vie pour fes Frères. La multitude des
péchés qui avoient pu auparavant échapper à leur
foibleffe, eft couverte par cette Charité Divine.
Nemo majorem caritatem habet.

Portons plus avant nos penfées, & voyons la
Juftice de la Providence dans l'établiffement fou-
dain de la Liberté Françoife.

Qu'elle eft adorable, la Providence! Quand
fes momens arrivent, que fes jugemens font terribles pour les grands crimes de la tyrannie, &
favorables aux bons peuples long-temps oppri-
més! Comme elle eft jufte dans toutes fes voies!

Nous ne suivrons pas le développement succeſſif de ſes plans dans le Gouvernement de la France. L'inſtant de notre liberté ſuffit à notre admiration & à notre amour.

L'Ariſtocratie, dans une longue poſſeſſion d'abuſer du nom du Souverain pour exercer ſon Deſpotiſme, avoit cumulé toutes les horreurs ſur nos têtes. L'Aſſemblée Nationale devoit être anéantie, la Capitale dévaſtée par le fer & le feu, chaque Province arroſée de ſang; & les Ariſtocrates fondoient un régne éternel ſur la ruine entière des créanciers de l'Etat, & ſur les débris de tout l'Empire. Le meilleur des Rois ignoroit ces projets exécrables. Cependant, ſous prétexte d'appaiſer quelques troubles que ces grands ſcélérats avoient excités eux-mêmes dans la Capitale, des armées traînant avec elles tous les inſtrumens de la deſtruction nous environnoient. Les convois de grains venus à grands frais de l'étranger, & attentivement aſſurés par cet homme ſublime, ce génie unique au monde, que la Providence & notre amour avoit replacé au centre de l'Adminiſtration étoient détournés en faveur des Troupes meurtrières, & la famine menaçoit du dernier fléau cette Ville immenſe. Il falloit d'abord écarter ce grand Adminiſtrateur qui étoit la ſeconde Providence du Royaume: on l'écarte de nuit; on le pouſſe, le glaive étendu fur fa tête, hors de nos limites.

Nos regards jufqu'alors incertains, découvrent, à l'inftant même, toutes les horreurs dont nous fommes menacés. Mais le Ciel a tout prévu. Il a permis qu'il exiftât un centre de réunion dans la Capitale. Les Citoyens, Electeurs des Repréfentans de la Patrie avoient des Affemblées formées. On s'y porte en foule. On en nomme quatorze pour adminiftrer dans ce moment décifif la chofe publique. Grâce à mes Frères, ils honorent mon Patriotifme : je fuis un des premiers entre ceux qu'ils jugent capables de fe dévouer pour la Liberté : O Dieu! je vous bénis ; je n'ai point trompé leur efpérance. Ma vie ne m'étoit rien. Je l'aurois facrifiée mille fois pour la Patrie. Tous les Quartiers de cette grande Ville fe réuniffent chacun comme un feul homme. La Garde Nationale de Paris eft formée en un inftant , en un clin-d'œil, au fon de l'airain des Temples, *in ictu oculi , in noviffimâ tubâ.*

Cependant la Fortereffe foudroie les Peuples. Nous apprenons cet attentat dans le Palais de la Commune. Les globes encore brûlants font mis fous nos yeux. Mon âme s'embrâfe de tous les feux du courage : je propofe à mes Collégues, animés d'une égale ardeur, le décret qui ordonne au Commandant de remettre , fans

verser le sang des Citoyens ; cette Place homi-
cide, sous la garde de la Cité. On me défère
la gloire d'être le porteur de ce Décret, avec
l'ancien Président de nos Assemblées, & deux
autres de nos généreux Frères. Nous volons à
travers les périls : nous-nous plaçons sous l'artil-
lerie fulminante : nous écartons, par des priè-
res, les Peuples désespérés, qui essayoient, à
coups perdus, d'atteindre au sommet des cré-
naux, les lâches assassins qui faisoient pleuvoir
la mort. Nous élevons alors le Décret pacifique.
Un Jurisconsulte, un Prêtre, revêtus de toutes
les livrées de la Paix, devoient être entendus,
même pour l'intérêt des homicides de la Patrie.
On nous répond par tous les feux de la Guerre.
Nous revenons trois fois avec une intrépidité
toujours nouvelle. Oh ! avec quelle joie nous fe-
rions morts pour sauver la vie de nos Concitoyens !
Trois fois la réponse à nos sommations paisibles
part des tubes foudroyants. La vie nous reste,
comme par un miracle de la Providence. Une
seconde Députation, avec un signal plus intel-
ligible encore, s'il est possible, avec un drapeau
incliné, n'a pas d'autre succès.

Alors nous portons le Décret suprême. Allez,
Guerriers intrépides, invincibles Gardes-Fran-
çoises, dignes d'un si beau nom, que vous avez
déjà justifié, en vous rangeant du côté de la

Patrie contre ſes oppreſſeurs : Allez , braves Athlétes du Fauxbourg S.-Antoine , Troupe Nationale à peine exiſtente , & déjà ſûre du triomphe : Allez , généreux Volontaires de tous les Diſtricts & de toutes les Claſſes , Héros en naiſſant , dès la première heure , mûrs pour la Victoire. Nous parlons , & c'en eſt fait. La première défenſe du Fort eſt ſaiſie ; l'emplacement du Gouverneur eſt en notre pouvoir ; de l'intérieur de la Place , il parle de ſe rendre : bons Citoyens ! juſques dans l'emportement du ſuccès , vous ſuſpendez vos courages ; une multitude attentive ſe preſſe dans les foſſés & les cours envahis : & alors ; ô comble de perfidie ! trahiſon à jamais exécrable ! toute la Fortereſſe tonne ; toutes les bouches de l'airain vomiſſent les plombs meurtriers ſur vos têtes. Fureur ſacrée d'un Dieu vengeur , embraſez les âmes de nos Guerriers ! tombez ſous leurs coups redoublés & terribles , chaînes énormes , ponts menaçants , portes effroyables ! — Elle eſt priſe. — Elle eſt à nous. — Ils entrent en foule , les Citoyens vainqueurs , dans les affreux cachots du Deſpotiſme ; ils arborent , ſur ces tours ſourcilleuſes , d'où dominoit la tyrannie , l'étendard de la Liberté. Les Traîtres ne ſont plus. La Patrie conçoit à peine ſon bonheur : elle eſt comme épouvantée de ſon ſuccès. On croyoit qu'il falloit du temps pour cette grande Conquête. Du temps ! s'il en avoit fallu, mes Frères, nous périssions sans ressource ; c'étoit l'heure indiquée par les Ennemis de l'Etat, pour égorger la Patrie. Providence ! Providence ! nous vous adorons dans nos transports ! Vous combattiez pour nous : vous vengiez, en une minute, les crimes de vingt Régnes, & vous préveniez un crime immense, qui, au même instant, devoit les surpasser tous.

Elles disparoissent, elles fuyent de toute part, les Armées préparées au carnage. Notre bon Roi a reconnu les projets atroces des Aristocrates qui trompoient son amour. Il accourt seul au milieu des Représentants de la Nation ; il leur annonce qu'il a chassé toute cette tourbe impie, qui lui cachoit son Peuple & trahissoit sa Puissance. Il approuve tout ce qu'on a fait pour le salut de l'Etat. Cette nouvelle, qui comble nos vœux, est apportée par l'Assemblée Nationale elle-mème, au sein de la Capitale : tous les cœurs nagent dans la joie. Le Roi en personne, ce Roi si chéri, si digne de l'être, paroît bientôt, sans autre Garde que son amour & le nôtre, parmi ses Enfants armés pour la Patrie. Il passe, admirant l'ordre imposant, la contenance majestueuse de cent mille soldats créés en un seul jour, & comme tombés des Cieux, pour honorer l'entrée triomphale du Souverain d'un Peuple libre. Des acclamations qui semblent résonner de toutes les parties de l'Empire, & former une voix unique de toutes les voix de la France, composent le concert de la Liberté. J'ai dit.

O nobles Frères ! Vertueux Concitoyens ! Immortels amis ! Nous serons dignes de notre bonheur. Nous ne déshonorerons pas la plus étonnante, la plus heureuse Victoire qui ait été remportée depuis l'origine du monde. Les mouvemens terribles qui ont pu seuls l'opérer, se composeront avec sagesse, & ne conserveront que la force de l'ordre & le bonheur de l'unité. François, généreux François ! les Loix seules, ces Loix sacrées qui exprimeront la volonté publique, régleront à l'avenir les vengeances de la Patrie & les Justices de la Nation. Martyrs de la France ! vous n'avez plus dans les Cieux d'autres désirs : vos Frères, que vous laissez libres sur la terre, les exauceront. Ah ! les Mœurs vont être créées : la Religion, rendue à sa pureté native, va reprendre, sur toutes les âmes anoblies, son légitime empire ; nous serons à-la-fois, c'est notre destinée dans les plans de la Providence, le plus libre & le plus doux, le plus courageux & le plus aimable de tous les Peuples. La France sera le modéle des Nations & l'institutrice de la vraie Liberté dans l'Univers.

Vive la Nature & tous ses bons sentiments!
Vive la Patrie & tous ses bons Citoyens! Vive l'Etat
& son bon Roi , à qui nous serons à jamais
fidéles! Vive le Gouvernement & son bon Ministre
qui est rendu pour toujours à nos vœux! Vivent
les Loix & leurs bons Instituteurs, dans l'Assemblée de la Nation! Vive la Commune de Paris &
son bon Chef , qui a le génie de la Liberté
comme le génie de la Science! Vivent les Gardes
Nationales & tous les bons Soldats de la Patrie!
Vive le Héros, Libérateur de l'Amérique, qui
s'essayoit pour être le Libérateur de la France!
Vive la Religion des Frères! Vivent les belles
Mœurs! Vivent les François! Vive la Liberté!
Gloire à Dieu qui nous a rendus libres.

Ainsi soit-il.

FIN.